La malade qui poursuivait ses rêves...

Michèle DANIEL CAPRA

La malade

qui poursuivait

ses rêves...

© 2021, Michèle DANIEL CAPRA

Édition : BoD – Books on Demand,

12/14 rond-point des Champs-Élysées,

75008 PARIS

Impression : BoD - Books on Demand,

Norderstedt, Allemagne

ISBN :9782322394593

Dépôt légal : Septembre 2021

«Une source cachée, celle de mes songes de ce jour et d'il y a huit jours, coule dans les profondeurs de mon cerveau.»

Michel JOUVET « Le château des songes»

Mes chaleureux remerciements à Flo C, Chantal H, Mike B qui m'ont soutenue sans faillir dans cette traversée du désert.

Merci aussi à mon «fan-club» : Renée, Francis, Maryse, Nadine, Cathy, Damien, Bruno, Michel, Alvard, Marie-Pierre, Florence, Marie-Lou, Guy, Émilie, Paul et tous les autres...

1

L'annonce faite à Gwendoline

Ce premier Avril de l'an 2001, le printemps pointe le bout de son nez. Étourdie par les premières cigales, Gwendoline, dans sa robe à fleurs, se rend chez son gynécologue sous un soleil précoce pour le contrôle d'une banale mammographie. Pourquoi change-t-il de tête en examinant ses clichés ? La suivant depuis au moins trente ans, il connaît sa poitrine dans les moindres détails ! Quand il lui assène son diagnostic - suite à un interminable silence- elle en reste bouche bée : pour quelle raison, dans sa vie harmonieuse, une boule apparaît en haut de son sein gauche ?

Rêve 1

«Je suis dans une voiture avec une dame et un jeune garçon. La voiture s'arrête et je reste seule dedans. Je suis assoupie, abasourdie, étalée sur le siège arrière, assommée, sans réaction. J'occupe toute la banquette. Et en plus, je pleure, je n'arrête pas de pleurer : les pleurs envahissent toute la voiture, me débordent, me dépassent. C'est un fleuve qui grossit.. Mes pleurs coulent sans que je m'en rende compte ! Le jeune garçon qui est revenu essuie mes larmes qui continuent de couler : il les nomment par un nom ...»

Rêve 2

«Je m'enfuis alors que j'ai perdu ma mère, mon oncle et sa femme. Je suis dans un champ et il y a de plus en plus d'eau et des arbres coupés...»

Rêve 3

«La mer est déchaînée et les vagues puissantes montent à toute vitesse vers la terre ferme. Le vent souffle très fort. Je suis en hauteur sur une colline. J'ai peur que l'eau arrive à monter. Je prends un chemin qui descend et il y a de l'eau sur ce chemin..»

En se rappelant la date du jour, la quinquagénaire imagine une blague de potache : surprenant vu le professionnalisme de son ami médecin !

Sur la place de ce pittoresque village provençal un peu hors du temps, elle demeure hébétée : dans l'église, elle interpelle le Bon Dieu pour cette mauvaise farce ! Agenouillée, pleurant toutes les larmes de son corps, elle tâche de s'y reconnaître. Que décider ? Faut-il alarmer sa famille, consulter un autre spécialiste, prendre ses dernières dispositions ? Tempête sous son crâne !

Ce soir-là, prétextant une migraine, elle se couche tôt : trois cauchemars envahissent sa nuit (***Rêves 1, 2, 3).***

Rêve 4

«*Je suis dans* un chenil.

*Il y a là d*eux chiens *qui ont l'air malheureux :* ont-ils *été* abandonnés ?

Ma fille Caroline qui m'accompagne leur parle et leur donne un prénom *à chacun.*

La responsable accepte et ainsi les deux toutous ont une nouvelle identité »

12

Au réveil, la mère de famille se remémore sa vie : son coup de foudre avec Sylvain son mari, amoureux depuis une trentaine d'années, l'arrivée de Gaspard, Caroline, les jumeaux Raphaël et Gabriel. Son époux -vétérinaire passionné et apprécié- exerce dans les campagnes environnantes tandis qu'elle occupe un poste de documentaliste à la bibliothèque municipale. Leur bastide domine le village : la bâtisse et ses hauts plafonds, ses larges escaliers, ses fenêtres à petits carreaux, ses meubles anciens, ses tapis élimés, se souvient des rires, des chamailleries, des poursuites.

Suite à un rêve prémonitoire *(Rêve 4)*, Dame Gwendoline a adopté sans hésiter deux inséparables «chiens de gouttière» surnommés Jim et Jules !

Rêve 5

« *Il y a* une famille **avec un** père **de 35 ans environ :** *mince, de taille moyenne, il est habillé en jaune, en babygros, comme* un clown *!*

La mère **porte une longue robe rouge,** très féminine.

Il y a deux ados (un fils, une fille).

Ils se tiennent tous les quatre par la main et ils sont très joyeux.

Ils habitent un château : *le château de Kerwood !*

Les enfants-ados suivent leurs cours avec une gouvernante.

Je suis leur gouvernante *et leur* enseignante **aussi.**

Je suis aimée et fais partie de leur famille.

Il y a dans ce château un large escalier avec des tapis et aussi un ascenseur. »

Le parc sauvage -domaine de prédilection des jeux- abrite sous un cèdre majestueux les trois tombes miniatures de Fripouille, Tarzane, Kaline, ses félins adorés qui se pourchassent au paradis des chats ! Une balançoire en bois, un hamac en tissu, une table de jardin témoignent des jours heureux.

Au loin, des collines arrondies précèdent une chaîne de montagnes enneigées. En bas, les champs verdoyants racontent la vie laborieuse des hommes et femmes de ce pays ensoleillé. Pas une ombre au tableau dans ce paysage bucolique, juste des nuages éphémères dissipés par l'humour légendaire de Sylvain, la douceur de sa compagne, la fantaisie communicative de leurs quatre descendants.

Ce deuxième soir, un rêve en couleurs parcourt le sommeil de la femme *(Rêve 5)*.

Texte 6

Poème   INVICTUS
William Ernest HENLEY

«Dans la nuit qui m'environne
Dans les ténèbres qui m'enserrent
Je loue les dieux qui me donnent
Une âme à la fois noble et fière...

En ce lieu d'opprobres et de pleurs
Je ne vois qu'horreurs et ombres,
Les années s'annoncent sombres,
Mais je ne connaîtrai pas la peur.

Aussi étroit soit le chemin,
Bien qu'on m'accuse et qu'on me blâme,
Je reste maître de mon destin,
Le capitaine de mon âme.»

Alors, l'épouse ne dit rien pour l'instant à son tendre même s'il va deviner son inquiétude ! Pareil pour ses enfants surtout qu'ils habitent loin ! Seuls ses deux fidèles compagnons à quatre pattes, le museau posé sur ses genoux, reçoivent ses confidences cet après-midi-là dans son confortable salon.

Face à cette sournoise maladie, Gwendoline, l'éternelle rêveuse, se retrouve plongée en plein doute. Le radiologue a commis une erreur ! D'ailleurs elle pense dès demain effectuer un nouvel examen.

En attendant, elle puise dans ses ressources personnelles en répétant devant sa psyché un de ses poèmes favoris *(Texte 6)*.

Rêve 7

«Un livre *avec une couverture entièrement bleue, un bleu-roi,* un bleu très soutenu : *ce bleu est un bleu qui fait penser à la* mer profonde.

Ce bleu m'interpelle, m'appelle.

Les lettres sont en style doré : le livre est vivant !»

Rêve 8

«*Je vois des* lettres. *Elles sont stylisées, elles dansent, elles sont légères.*

Elles sont penchées vers l'avant, vers la droite.

On dirait qu'elles bougent.

On dirait qu'elles sont vivantes, mobiles.

Elles s'avancent doucement comme sur la pointe des pieds.

*Elles sont t*rès belles, très souriantes, très sereines.

ELLE.. ∞∞∞∞∞∞∞

Rêve 9

«*Une* chatte blanche *a eu des* petits noirs et blancs. *Elle rentre avec ses chatons dans un* cylindre en bois, *cylindre qui a* des trous en dessous : *les chatons peuvent* sortir leurs pattes. *La chatte porte ainsi facilement ses petits : c'est à la fois magnifique et déroutant...*»

Le week-end suivant, pour conjurer le mauvais sort, la quinquagénaire concocte avec frénésie un dîner en amoureux, inonde son logis de fleurs multicolores, met les petits plats dans les grands, se vêtit de ses plus beaux atours. Sylvain n'en croit pas ses yeux !

Surpris par tant d'attentions contraires à son caractère réservé, son époux la dévisage. D'habitude, il lit en elle comme dans un livre ouvert : mais là, il reste perplexe ! Que faut-il en penser ? Confiant, il se laisse dorloter par son élégante femme au meilleur de sa forme toute la soirée. Aussi mémorable que leur première rencontre dans la grange trente ans auparavant, cette nuit se grave dans leur mémoire ! Sylvain s'endort du sommeil du juste tandis qu'elle s'envole dans trois rêves loufoques *(Rêves 7, 8, 9)*.

Rêve 10

«Je vais au cinéma avec mes enfants pour voir «Forrest Gump».

Moi, l'adulte, je ne peux pas entrer au cinéma avec mes chaussures : je dois mettre des chaussures données par l'ouvreuse !

L'ouvreuse me passe une paire de mocassins rouge soutenu mais c'est du 35-36 alors que je chausse un bon 40 ! Je lui dis que je ne pourrais pas rentrer mon pied mais elle me répond que c'est la bonne taille. Je les essaie et en effet, elles sont même trop grandes : on dirait des bateaux ! La chaussure est-elle devenue vivante ? Je nage dans ces chaussures et en plus, elles sont plates et laides !

L'ouvreuse me montre une autre paire qui a des talons hauts : sur le devant, les chaussures ont le bout arrondi mais derrière, il y a deux parties.

La chaussure peut aller devant ou derrière : elle peut prendre deux directions ! » Très étrange !

Pendant les semaines suivantes, les rendez-vous médicaux s'enchaînent à un tel point que la mère de famille -à moins de mentir comme une arracheuse de dents !- annonce à son mari que le lit conjugal sera bientôt occupé par une amazone !

Abasourdi, Sylvain la prend dans ses bras en la berçant comme une enfant. Cette nuit-là, elle rêve de chaussures vivantes *(Rêve 10)*. Trois semaines plus tard, les quatre enfants venus fêter l'anniversaire de leur mère découvrent la triste réalité.

Une réorganisation se met en place : nettoyage de fond en comble de la maison, rangement des papiers, établissement de ses dernières volontés, attribution d'objets précieux à ses proches, achats divers (perruque, turbans africains, produits de beauté)…

Rêve II

«Je suis envahie par les enfants pendant les vacances d'été alors que débute ma chimiothérapie : il y a trop de choses à organiser ! Alors je fais une sortie sur un télésiège cubique avec des places sur les quatre côtés avec mes enfants. Cette nacelle est suspendue avec des sièges assez profonds. C'est sympa, la mer est magnifique au-dessus de Marseille ! On est assis, les pieds dans le vide, la vue est époustouflante ! Je me laisse bercer : cela me fait du bien de sortir, de ne plus penser à ma santé, de respirer l'air pur . Alors, heureuse, je ferme les yeux. Mais en ouvrant les yeux, je réalise qu'il n'y a aucune protection devant nous, que nous avons pris de la hauteur, que le mistral s'est levé, que la balancelle tangue au-dessus d'une mer bleue...Caroline à côté de moi est terrorisée et me dit qu'on va tomber ! Je me sens de plus en plus attirée par le vide ! C'est l'angoisse absolue : ne plus bouger, fermer les yeux, ne plus parler, respirer doucement, ne pas crier, ne pas s'énerver...Le dernier paysage que je vais voir avant de mourir : les superbes calanques de Marseille ! C'est vertigineux comme si je devais me lancer sans parachute, sauter, me lancer ou rester accrochée à un support instable. Ouf ! Je me réveille .

Refusant d'être «la malade», Gwendoline s'avance dans le brouillard de sa vie avec ses peurs, ses incertitudes, ses doutes...

A la suite d'un rêve déstabilisant *(Rêve 11)*, elle demande de l'aide : mettant par écrit ses innombrables songes, elle en cherche l'interprétation avec un spécialiste.

2

Le temps qui s'étire

Dés le début du traitement, elle se sent soulagée : au bout de cinq semaines, la bataille s'engage. Non aux examens, préparatifs ! Sus à l'ennemi !

Centrée dorénavant sur elle, la quinquagénaire découvre une chimio offensive, de nombreux effets secondaires, une fatigue nouvelle, un corps qui lui échappe, des baisses de moral...

Un club d'inconditionnels prend racine : des messages, des cadeaux de ses enfants, amies, copains, collègues lui parviennent avec une régularité rassurante.

Rêve 12

«Dans ce village, les maisons sont étroites et en hauteur.

Chez moi, il y a une grande pièce ouverte : c'est reposant, envoûtant presque.

Il y a dans mon logement une lumière particulière, un calme déroutant.

On se croit hors du temps : dans cette pièce ouverte comme un patio, on dirait qu'il y a plusieurs siècles à contempler. La pièce est en elle-même un musée.

Mais notre maison a été mise en vente et il faut la quitter : quel dommage !»

Rêve 13

«La maison en pierre lisse que je découvre est située dans une rue de village et comporte une terrasse.

Cette terrasse, je la nettoie à grande eau avec un jet et je le fais avec soin.

Sur cette terrasse, il y a un grand bouquet de fleurs belles et colorées.

En face, dans la rue, il y a une petite boutique pittoresque.»

26

Après le déni vient l'acceptation pour la mère de famille et son mari.

Pendant ce premier mois sans fin, le temps s'allonge comme un élastique : quelle lenteur maintenant que la maladie imprévisible prend ses marques ! Et il reste cent cinquante jours !

Son emploi du temps, rythmé par les séances à l'hôpital, dépend de cette fichue affection !

A cause d'une énergie en chute libre, de baisses de tension, de vomissements, elle est incapable d'assurer son emploi de documentaliste.

Une femme de ménage trouvée en catastrophe se révèle discrète : cette figure maternelle tient son intérieur à la perfection *(Rêves 12, 13).*

Rêve 14

«*Je suis dans une* soirée sympa *: un groupe se réunit pour chanter. Je viens faire un essai. Après la répétition, Il y a* un homme assez grand et mince, *accompagné de son fils de 10 ans. Il fait* un spectacle *à lui tout seul avec* une marionnette *qu'il tire avec des ficelles. Il est très fort et* sa marionnette est vivante *! Il utilise plein d'accessoires rangés dans une mallette et Il les compte avant de les ranger. Il a acquis une technique et Il le fait très bien : Il fait* danser sa marionnette *sur de la musique avec un baladeur. Cet hommes est troublant et* attirant *: Il a du charme et je l'admire. Il sait faire quelque chose et Il sait le partager. Je suis comme* hypnotisée.*»*

Rêve 15

«*Je suis seule dans mon petit appartement. Pour y accéder, Il faut entrer d*ans une cour *où Il y a plusieurs logements. Un soir, des amis sont venus et ont organisé* une fête *: je les ai laissé faire et j'ai juste préparé la table. Il y avait* plusieurs hommes *que je trouvais accessibles, abordables, intéressants.*

Il y en avait un en particulier *qui était très grand, très jeune et très sympa. C'était* un musicien.

Je parle musique avec cet homme et Il me fait tenir un livre. Cet homme jeune m'attire *mais je suis un peu* réticente *: Il est très proche de moi et j'ai peur !* «

Dame Gwendoline ne se reconnaît plus. Elle passe par tous les états : hyper-active, sans forces, énervée, joyeuse…

Une envie de partir, de s'isoler, de se terrer dans une grotte, de s'éloigner de ses proches la saisit. Alors, elle s'évade de plus en plus dans ses rêves : comme elle s'en souvient à son réveil, elle tient un carnet de bord sans avoir de but précis *(Rêves 14, 15)*.

Les soins s'installent : exigeants, implacables, ils ne peuvent être évités. La femme élégante, réputée pour son incroyable fantaisie, sa capacité à raconter des histoires, son imagination débordante, se trouve emprisonnée dans un corps malade : tel l'ogre verdâtre Shrek, elle émet des bruits incontrôlables après chaque repas (gargouillis, rots, pets, …) !

Rêve 16

«Je suis à Toulouse en vélo : le cycle a la roue arrière crevée, la chambre à air a éclaté, le vélo roule avec la chambre à air complètement explosée. En plus, je me retrouve à poil, **avec** ce vélo crevé **!**

Au bout d'un moment, après la panique qui m'envahit, je me rends compte que je peux mettre un pantalon et une chemise sans sous-vêtement. Je voudrais que mon fils vienne me chercher mais je lui ai prêté ma voiture et il ne peut pas venir.

Alors je dois rentrer à pied en poussant mon vélo et **peut-être à poil !** C'est quand même énervant de se retrouver à poil !!!»

Rêve 17

«Je mets au monde une fille. Elle tombe malade et la doctoresse la soigne par la parole.

L'enfant-fille **lève sa tête et je fais une bise à mon bébé.** Je lui parle et la console.

Quelques années plus tard, ma fille doit, pour un spectacle, monter sur scène. Elle n'y arrive pas et veut un jean à la place de sa jolie robe. Son grand-père et sa grand-mère la poussent à monter sur scène. **C'est** trop difficile pour elle **et elle est** abandonnée **par ses grands-parents** désenchantés.»

30

La communication avec le mari, les enfants, les proches se complique ! Responsable, organisée, efficace, l'épouse redevient une enfant : des frayeurs infantiles la paralysent *(Rêves 16, 17).*

La fin du premier mois de chimio se profile à l'horizon…

3

L'arrivée d'une nonne bouddhiste

*L*e deuxième mois des soins agressifs démarre avec comme cible précise d'anéantir cette tumeur inutile !

Le corps de Gwendoline s'habitue à souffrir tous les jours comme si en quelque sorte la douleur lui tenait compagnie.

Malgré les curiosités illégitimes de ses voisins, elle ne donne aucun détail scabreux sur ses ressentis.

Rêve 18

«Je suis allongée à côté de l'homme qui vit avec moi depuis de nombreuses années. Je veux me rapprocher de lui et me blottir contre lui. Mais mon corps est en plomb. Je n'arrive pas à me rapprocher, je n'arrive pas à bouger. J'ai l'impression qu'il recule mais c'est moi qui ne peux plus accomplir le moindre geste. Je suis figée. Ma pensée va vers lui mais mon corps ne suit pas : je veux parler mais aucun son ne sort de ma bouche ! Le corps et l'esprit sont dissociés.»

Rêve 19

«Je suis avec un groupe de jeunes avec ma fille Caroline. Elle m' a demandé en urgence un rendez-vous médical : l'ayant obtenu, elle s'y rend avec un groupe de jeunes et moi-même en file indienne. Nous montons un escalier en colimaçon pendant trois étages. Au milieu, il y a un W.C : je vais attendre là car je dois y aller.

Il y a dans ces toilettes une glace : oh ! Horreur ! J'aperçois sur ma tête qui me démange une double rangée de fraises qui démarre sur le haut et va jusqu'à la nuque. Les fraises irrégulières, bosselées me font penser à une plantation...Elles sont de couleur rouge éclatant et blanche.»

34

Avec ce «champignon» surgi sur sa partie la plus féminine, la quinquagénaire, dans un moment d'inattention, a oublié d'écouter son propre corps !

Alors elle se focalise sur la relaxation, les câlins, les paroles *(Rêve 18)*.

Elle prend soin en particulier de sa crinière : en quelques semaines, ses cheveux gris argentés restent par touffes entre ses mains. Elle s'y prépare en se faisant couper les cheveux très courts, en cachant tous les miroirs, en achetant coiffes, turbans et une perruque d'un roux flamboyant : cependant un cauchemar surgit à l'improviste *(Rêve 19)*.

Quand son crâne ressemble à un œuf, quand sa chevelure de rêve s'évapore, des impressions multiples l'assaillent.

Rêve 20

«*Je me balade* sur un pont *au-dessus de la Garonne et il y a un parc sur les berges : une impression de* sérénité, de bien-être *se dégage à cause de la verdure et de l'eau qui s'écoule.*

Je vois dans l'eau des statues *représentant des chiens et une chienne. Les statues deviennent* vivantes *et surgissent hors de l'eau. Elles secouent de l'écume autour d'elles en s'ébrouant. Elles montent sur le pont les unes derrière les autres et on dirait un* ballet. *Elles sont enfin devenues* libres : *c'est aérien ! On dirait une création. Elles* naissent de l'eau !

On dirait qu'il y a de la musique *quand elles sortent de l'eau. Elles arrivent vers moi en courant, elles sont* gaies, légères, heureuses *comme des enfants.*

La chienne *est beige rosée,* racée, *fine, très haute sur pattes, très mince : on dirait* un lévrier. *Elle semble* voler *en courant. Elle est belle, douce, sans arrogance, très élégante, presque fragile. La chienne court à côté de moi :* c'est la fête ! Il y a de la tendresse, de l'amour. *Mais* j'ai peur *que* quelqu'un me la vole *tellement elle est belle ! La scène se stabilise sur* la chienne.»

Rêve 21

«*Je dois* mourir. *Avant, je veux acheter* des boîtes *en plastique comme des Tupperware. Je veux* me mettre dedans. *Il me faut beaucoup de boîtes.»*

36

-Je vous lis l'avenir dans ma boule de cristal !

-Je suis une mama dans la brousse avec mes turbans africains !

-Avec mes casquettes, je me transforme en une sorte de Gavroche !

Alors, la mère de famille retourne chez son coiffeur et lui demande un rasage définitif : et là, le maître-artisan n'en revient pas de sa transformation. Il la complimente sur sa beauté ! Quand elle voit sa tête de nonne bouddhiste, elle accepte sa métamorphose et en rentrant, entame une séance de méditation *(Rêve 20) !*

Si elle se résigne à son changement physique (la boule à zéro, la fatigue, les nausées permanentes…), la peur de sa propre mort reste comme une épée de Damoclès au-dessus de sa tête *(Rêve 21)* !

Rêve 22

«Un repas de famille avec beaucoup d'aliments, de congélateurs, de boîtes, d'ustensiles... La mère est efficace mais froide voire glaciale. Il y a plein de garçons et je suis la seule fille. Je suis chargée de la vaisselle et il y a une tonne de vaisselle ! C'est monstrueux ! A la fin du repas auquel je n'ai pas pu participer, on m'a préparé une assiette pas fraîche de charcuterie et de fromage. Quel drôle de famille !

Rêve 23

«Je suis dans une rue à la Croix-Rousse à Lyon et je rencontre une voiture bâchée ouverte sur le devant. Elle est d'un bleu soutenu. Il y a un monsieur très élégant, chapeauté. Je découvre tout doucement le dessous de la voiture : je vois le pied du monsieur qui fait avancer sereinement la voiture. En fait, c'est une voiture à pédales. Devant, il y a un cheval qui tire la roulotte bâchée. Le cheval est brun, marron foncé. Il fait soleil. La voiture remonte la rue tranquillement : c'est régulier, non polluant, sympathique....»

Peu à peu la petite enfance de Dame Gwendoline avec son oncle attentionné à Lyon et sa tante plus distante lui revient la nuit *(Rêves 22, 23).* Une brèche s'ouvre pendant son sommeil agité.

Précisons qu'elle démarre sa vie au moment de son mariage : silencieuse sur ses vingt premières années, elle choisit deux amies de faculté comme uniques témoins.

Ses quatre enfants -malgré quelques tentatives- respectent le choix maternel.

Mais, pendant la poursuite du traitement, son passé émerge par bribes...

4

Une période intermédiaire

Après la partie la plus combative de son traitement, Gwendoline obtient un second diagnostic : la régression de moitié de sa tumeur maligne. Ouf ! Elle n'a pas mal pour rien !

Tenir sur la longueur -trois longs mois- constitue son nouveau but !

Rêve 24

«Je suis en famille et il y a mon fils petit. Il y a d'autres adultes dont sa marraine. Je sors d'une maison et pour aller dans le jardin, je dois descendre des marches très raides. C'est un escalier très large comme dans un château. Mon fils s'élance la tête la première comme un jeu : on dirait qu'il vole ! Je lui dis qu'il va prendre une fessée mais je n'arrive pas à descendre même assise. Je suis tétanisée comme si c'était l'appel du vide ! C'est angoissant !»

Rêve 25

«Je suis dans le parc d'un château. Je dois nettoyer des tas de chaussures alignées : plein de chaussures ! Je dois les faire briller comme des sous neufs. Elles deviennent éclatantes de brillance et je chantonne en travaillant. Je suis ravie de ce travail. Je mets de l'ordre dans ma vie en faisant briller toutes ces chaussures alignées. J'aime ce travail que je fais dehors : je suis appliquée, consciencieuse. Plus je suis appliquée, plus je me sens bien »

Rêve 26

«Je suis dans une rue en pente et je la grimpe avec mon vélo à côté. Je monte des escaliers en bois qui se trouvent plantés là au milieu de la rue : je monte et j'atteins un étage mais en montant, je n'ai plus mon vélo.»

Cette période se révèle paradoxale : apaisée par la diminution de «la méchante boule», la quinquagénaire observe que son moral accuse des surprenantes baisses.

Les angoisses, les sautes d'humeur, les désirs d'isolement reviennent sans crier gare.

La combattante se met sur pause, l'héroïne s'éloigne *(Rêve 24)*.

Alors, prise à ce moment-là d'un intense besoin de rangement, de nettoyage, de lessivage, de bricolage, elle se retrouve à la fois épuisée et rassurée *(Rêve 25)*.

Cependant, elle conserve l'impression de poursuivre un étrange voyage dont elle ne connaît pas l'issue...*(Rêve 26)*

Texte 27

Dune de Franck HERBERT

« Je ne connaîtrai pas la peur

car l a peur tue l'esprit.

La peur est une petite mort *qui conduit*

à l'oblitération totale.

J'affronterai ma peur.

Je lui permettrai de passer sur moi

au travers de moi.

Et lorsqu'elle sera passée, je tournerai

mon œil intérieur sur son chemin.

Et là où elle sera passée, il n'y aura plus rien.

Rien que moi. »

Rêve 28

« *Dans une rue en pente, il y a* un village-miniature *avec des figurines fabriquées par* des enfants. *Ils ont créé un village, des personnages, des rues. Ils défendent leur village, sont* indépendants et libres. »

Rêve 29

« Une famille *avec* plein d'enfants, *turbulents, joyeux, adorables. Des petites filles délurées avec un petit dernier tout mignon.* Plein de chats *avec des chatons. La maison est toute en longueur avec* une vie trépidante : des rires, des courses, des disputes.... »

44

Sécurisée par l'effet bénéfique des soins, pour la première fois, la mère de famille informe sa branche lyonnaise de son cancer du sein (sa marraine qui l'a élevée, ses oncles, tantes, cousins). Au fur et à mesure que sa peur s'éloigne un peu, sa parole se libère *(Texte 27)*.

A sa grande surprise, le contact se rétablit avec ses proches comme s'ils venaient de se quitter. Malgré son silence depuis son mariage trente ans auparavant, les retrouvailles se révèlent chaleureuses.

Ainsi se rappelant les inoubliables fêtes entre cousins, elle leur promet, quand la maladie s'appellera un mauvais souvenir, de sabler le champagne au cours d'une mémorable réunion de famille *(Rêves 28, 29).*

Rêve 30

«*Un* petit chat gris *que je tiens par un long fil.*

Il est happé *dans un trou noir : il est* glacé.

Je le tiens toujours.

J'arrive avec beaucoup de difficultés à le remonter.

Il est glacé mais il est sauvé.

Il est comme un long saucisson.

Je le prends dans mes bras et il vit.»

Rêve 31

«*Je suis à* la montagne *et je vois des bouquetins au loin. Puis je vois* un chameau *qui ressemble à un animal préhistorique.*

En fait, je vois surtout sa tête qui passe par une espèce de trou- un trou-découpage- *qui est* transparent. *On voit à travers ce trou la montagne.*

Il est tout proche de moi, familier *presque comme dans un zoo ; c'est rigolo cette tête qui sort ! On dirait qu'il* joue avec moi !»

Rêve 32

«*Un* ours blanc *passe dans le ciel : il* vole *avec aisance.*

Il est majestueux, le ciel lui appartient. Il plane, il est beau. *Il tourne et* vient vers moi. *Je lui fais* un signe d'amitié *avec la main.*»

46

Pendant cette période de transition, des souvenirs de sa petite enfance affleurent de ses innombrables rêves.

Dame Gwendoline se souvient des nombreux chats de sa jeunesse. Fascinée de tout temps par les félins, leur caractère sauvage et indépendant, elle s'entoure de matous, bien à leur aise dans sa propriété *(Rêve 30)*.

Elle se remémore aussi des après-midi passés dans un superbe jardin zoologique. Malgré leur enfermement, elle adorait admirer les animaux sauvages notamment les plus exotiques *(Rêves 31, 32)*

Et le temps continue son bonhomme de chemin...

5

Le retour du passé

Gwendoline se sent tranquillisée grâce à son traitement. Mais si son corps se relâche, son esprit par contre bouillonne.

Ainsi ses nuits se peuplent de fictions, de chimères, de visions incompréhensibles : avec l'aide précieuse de son spécialiste, elle tâche de retrouver le fil d'Ariane ayant guidé sa propre existence et ce depuis son plus jeune âge.

Rêve 33

«Une petite fille brune, noire ou métisse. Elle a l'air fragile mais a un regard décidé. Elle porte un pull chamarré noir et blanc. Je lui mets une paire de boucles d'oreilles argenté et noir : elle me sourit.»

Rêve 34

«Je viens à pied d'un endroit précis et je dois y retourner le soir. Je rencontre des gens qui se baladent à pied et on finit par former tout un groupe. On est au bord d'une falaise et le chemin est étroit et escarpé : sur cette route, il n'y a pas de place pour un marcheur et une voiture. A un moment donné, une voiture arrive. Je ne reste pas sur la route ...»

Rêve 35

«Un petit enfant dans un caddie avec sa maman. Je suis à côté et je fais partie de la famille. L'enfant est une petite fille blondinette avec une tête bien ronde, les yeux grand-ouverts, peu de cheveux, un air décidé.

Elle porte une robe à pois de toutes les couleurs. Elle pleure et veut être cajolée. Elle décide de se lever, de se mettre à califourchon sur le devant du caddie avec ses petites jambes qui pendent. Elle n'a que trois ans mais elle y arrive toute seule. Ainsi elle domine : elle me regarde, me sourit et dit : -Ya ! Ya ! Aime ça !
Je répète sa phrase et on se frotte le bout du nez!! »

Dans ses rêveries, la quinquagénaire aborde des sujets aussi divers que variés : des petites-filles, des groupes de personnes, des routes étroites et dangereuses, des marches à pied... *(Rêves 33, 34, 35)*

Ses songes peuvent être aussi colorés que mélancoliques.

Pourquoi ses rêves d'enfant ne portent-ils que sur des fillettes de trois ans qui paraissent tristes, malheureuses, délaissées ?

On sent que la vitalité qui se dégage d'elles ne demande qu'à être stimulée. Elles portent des jolis habits : pomponnées comme des poupées, elles semblent peu éveillées.

En plus ces minettes hypersensibles se ressemblent toutes.

Rêve 36

«*En face de moi, il y a* un enfant *chinois de* 3 ans *avec* un visage de vieux. *Est-ce un garçon ou une fille ? C'est* une fille *qui est très renfrognée. Elle paraît* très triste, *malheureuse peut-être ? J'arrive à la faire* sourire puis rire. *Je la prends en photo* »

Rêve 37

«*Je conduis seule* ma voiture *et je suis une première voiture conduite par un homme. On prend* une route à reculons, *une route qui a trois files. C'est* la nuit, *c'est* difficile, *mais on y arrive en se suivant et en roulant doucement. On finit par arriver sur un chemin rempli de* cailloux *blancs*, *laiteux*, *très purs*, *translucides*, *propres*, *très beaux! On a envie de s'arrêter, de les fixer, de les admirer : ils ont* l'air vivants *!*

Puis, on continue la route et on arrive à un tournant : il y a soudain un brouillard épais *qui se lève ! Je ne vois plus la personne que je suivais : je suis* perdue, abandonnée et j'ai peur *! Je l'appelle mais personne ne répond. Puis l'homme réapparaît mais à pied ! Il me dit que la voiture a diminué progressivement jusqu'à devenir une* voiture miniature *et qu'elle a disparu !* La voiture s'est *dissoute dans le brouillard. Mais il dit que ce n'est pas grave ! Je me retrouve moi aussi à pied.*»

La signification paraît confuse pour la mère de famille qui ne possède pas encore toutes les clés de ses mystérieux mirages.

Son imagination nocturne prend une importance considérable dans sa nouvelle vie.

Une fille déprimée apparaît de nouveau *(Rêve 36)*.

Une voiture qui disparaît, une route escarpée, un mélange de vie et de mort -des objets qui s'animent, une route dangereuse- tels sont les thèmes récurrents de son dernier rêve *(Rêve 37)*.

Avant chaque séance de chimio, elle est sujette à des cauchemars d'abandon ce qui l'oblige à recourir à un anxiolytique alors qu'elle se refuse d'habitude à ce type de béquille médicamenteuse.

Rêve 38

«Je suis dans une ville et je marche dans les rues en faisant du shopping avec ma fille. J'ai un sac en bandoulière et je le perds. Paniquée, je n'ai plus rien : plus d'argent, plus de papiers, plus de téléphone, plus de carte de transport...Je cherche partout mon sac à main et je repasse là où je suis passée avant. Ma logique est de me souvenir des lieux traversés. Alors, à pied, je me rends dans la ville voisine et je marche, marche, marche avec une autre femme (une amie). A un moment donné, je me retrouve seule. Je rencontre alors un moine : il est rassurant. Il regarde mes mains et surtout les jointures et il me dit que j'ai des soucis. La nuit va tomber, les magasins sont éclairés, la ville est devenue très vivante après un interminable confinement : on dirait un immense marché à ciel ouvert ! Je m'approche avec le moine d'un magasin de bibelots et de bijoux clinquants de style hindou : j'admire en vitrine des bagues et j'en garde trois. Je m'en vais et j'oublie de payer. Alors je reviens sur mes pas et je dépose discrètement les bagues dans le magasin. Je reprends ma marche toute seule dans la ville où il y a un vide-grenier très sympa : mais je ne peux faire aucun achat. Il y a de la vie, des couleurs et malgré ma maladie, je fais des kilomètres. Je retrouve mon sac à main dans un magasin où j'étais venue.»

Dame Gwendoline de plus en plus désemparée essaie de comprendre ce qui se passe sous son crâne dégarni.

Comment faire le lien entre les éléments de son nouveau rêve *(Rêve 38)* - une marche interminable, une perte engendrant la panique, une rencontre apaisante, une logique de recherche persévérante qui porte ses fruits- et sa situation de malade ainsi que son enfance ?

Dans cet état d'esprit, l'épouse harassée parvient au bout de son quatrième mois de traitement...

6

Fin de la chimiothérapie

*L*a femme élégante aborde ce cinquième et dernier mois de traitement avec embarras.

Elle aperçoit le bout du tunnel avec l'arrêt de la chimio, des prises de sang, des examens répétitifs, des médicaments.

Cependant, elle appréhende le nouveau diagnostic posé à la fin de cette désarmante maladie.

Rêve 39

«Un livre d'enfant qui tombe dans une bibliothèque. Au sol, il se transforme en un livre-parapluie rouge à pois blancs et jaunes. Magnifique »

Rêve 40

«Dans une salle de bains bordélique, j'entends des bruits métalliques, des bruits de jouets mécaniques. Je vois s'envoler des animaux-jouets qui font un bruit de crécelle. Ce sont des sortes de criquets ou de libellules, plutôt des animaux nouveaux, inconnus . Ils sont jaunes avec des points rouges. Ces animaux-jouets naissent au milieu des serviettes de bain étalés un peu partout dans la baignoire, dans le lavabo, dans le bidet...

C'est une naissance spontanée !!!»

Rêve 41

«Je devais aller en cours mais je n'y arrivais pas. Mon père devait m'emmener. J'étais en retard. Je voulais prendre mon vélo mais il était crevé.»

Gwendoline éprouve le besoin de partir en vacances, de profiter de la mer, du soleil, de la belle saison, toutes choses interdites cette année.

Plus d'apéros avec ses quatre enfants, plus de petits plats concoctés par Sylvain, son époux car elle a perdu le goût : que de menus plaisirs impossibles, que de privations !!!!

Les mirages se multiplient et elle s'échappe de sa vie monotone réglée comme du papier à musique !

Un livre qui se transforme en parapluie, des animaux colorés et farfelus naissant spontanément, une difficulté à avancer : pendant ses nuits tumultueuses, les sujets se bousculent *(Rêves 39, 40, 41)* !

Rêve 42

«*Je suis* en Australie en voiture *et j'arrive dans une petite ville. Je rencontre une* petite-fille de 7-8 ans, *très gaie,* délurée *mais seule et* abandonnée. *Je* l'emmène avec moi *: comme moi, elle a envie de vivre une aventure.*

On fait des jeux, on regarde mes photos. Elle aime bien être avec moi et moi aussi.

On dirait que c'est elle l'adulte !

A un moment donné, on s'assoit sur le bord de la route et on voit passer plein d'enfants.

Je la remets dans la voiture car elle paraît fatiguée : elle redevient une enfant. *Je la couche et la borde avec beaucoup de tendresse comme si c'était ma fille. Je suis comme dans un conte de fées, un rêve : c'est poétique, tendre, doux. C'est* ma petite complice.

Je réalise à ce moment-là qu'on pourrait prétendre que j'ai fait un enlèvement.

Je redeviens adulte *tout d'un coup et je décide de la ramener car la nuit tombe.*

La vie réelle , dure, extérieure est bien là : *l'enfant se réveille. Elle me maquille avec soin et me dit que je suis beaucoup mieux !*

Elle me dit que personne ne l'attend, que ses parents ne s'inquiètent pas pour elle : mais je la ramène.»

Pourquoi une enfant-fille, triste, abandonnée apparaît encore dans les songes de la quinquagénaire *(Rêve 42)* ?

Depuis qu'elle écrit ses élucubrations nocturnes, deux filles abandonnées et quatre fillettes chagrinées se sont présentées.

Ce sujet obsessionnel l'interpelle.

Quel sens donner à toutes ces informations ? Son spécialiste des songes lui indique que trois rêves sur le même thème correspondent à un message de l'inconscient à prendre en compte. La mère de famille reste en alerte les nuits suivantes.

Car avec la fin de la chimiothérapie, le relâchement émotionnel permet l'émergence d'images enfouies.

Rêve 43

«*J'ai une* famille sympa, structurée, harmonieuse*, j'ai une* belle vie *(boulot, mari, enfants, maison avec jardin, statut social...)*

Je m'occupe d'une femme amie *qui veut revoir son* enfant abandonné à la naissance et âgé maintenant de trois ans. *Il a été placé en famille d'accueil.*

Je veux au départ l'aider à monter un projet de reconversion. *Pour cela on doit rencontrer une autre femme et lui proposer* un dossier : *mais il y a trop de concurrence et on manque de temps.*

Alors je lui propose de l'aider à préparer sa rencontre *avec* son enfant placé *pour que cela soit accepté par les services sociaux .*

Je me propose de la parrainer.

Moi, je suis très optimiste..

Elle, elle manque de confiance en elle, *elle a peur, elle est triste, : elle a une démarche triste, elle ne sait pas s'habiller.*

Elle porte une longue robe tunique unie, fade, noire..

La rencontre entre la mère et sa fille *pourrait se faire* chez nous, comme caution d'un lieu familial équilibré.

Mon amie est d'accord...»

Alors quand un nouveau rêve **(*Rêve 43*)** portant sur une mère qui s'est séparée de sa fille va dans le même sens que deux rêves précédents (rêves 17 et 42), Dame Gwendoline est intriguée.

Que s'est-il passé dans sa propre enfance aux alentours de ses trois ans ? Pourquoi ce sentiment d'abandon devient si prégnant qu'il envahit trois fois de suite ses nuits ?

Alors, à la fin du mois et dans l'attente de son opération, rendant visite à sa marraine qui l'a élevée, elle retrouve la ville de Lyon, témoin des vingt premières années de sa vie.

7

Le voyage initiatique

*A*u mois de Septembre, Gwendoline organise son voyage avec Raphaël et Gabriel encore en vacances : ils vont découvrir la capitale des Gaules, trouver des explications, cajoler leur mère épuisée...Ravis de cette escapade, ils ne tiennent pas en place.

Leur marraine propose de les loger tous les trois dans sa grande maison de la Croix-Rousse.

Rêve 44

«*Une* petite voiture à *une place ressemble à une voiture à pédales* : une amie *y est assise dedans avec* des lunettes de soleil *comme les hommes dans les premières voitures sans toit. ! La voiture est* gris foncé. La voiture et la personne sont soudées *: on dirait que* la voiture est le prolongement de la personne »

Rêve 45

«*Je suis avec une jeune fille dans* une pièce *où il y a* des jeunes enfants *: on dirait une maternelle. Les animatrices leur chantent* des chansons, *c'est de la sensibilité à l'état pur ! Tout est important.*

A un moment donné, je prends un enfant dans les bras *et je le berce car* il pleure. *Mais qu'est-ce-qu'il est petit ! Il est* si petit *qu'il tient dans* une enveloppe !!»

Rêve 46

«*Je dois* enterrer *quelqu'un que je connais bien.*

La personne est dans une toute petite boîte, *une boîte à chaussures. Je la mets dans un ascenseur. Pour cela, il faut accéder à l'ascenseur en se mettant à l'eau. Un homme m'aide : c'est un batelier. Il met la boîte dans l'ascenseur qui s'éloigne sans moi.* L'ascenseur, c'est comme un bateau qui s'en va. *Mais je veux récupérer ma boîte et retrouver l'endroit où il y a le corbillard.»*

Le séjour lyonnais de la mère de famille accompagnée de ses adolescents commence de manière touristique avec la visite d'un lieu emblématique de son enfance : le jardin public avec les promenades en poney, les voitures à pédales, les manèges, les balançoires... *(Rêve 44)*.

Raphaël et Gabriel prennent du bon temps avec les tout-petits sur les tourniquets : impossible de les faire rentrer ! Fous-rires, courses-poursuites, jeux de cache-cache s'enchaînent avec les enfants du parc : les jumeaux profitent de leur étonnante ressemblance pour taquiner leurs jeunes amis *(Rêve 45)*.

Les rêves harcèlent à nouveau la quinquagénaire et des idées morbides refont surface *(Rêve 46)*.

Texte 47

«L'éléphant **se douche, douche,** douche
 Sa trompe est un arrosoir.
 L'éléphant se mouche, mouche, mouche
 Il lui faut un grand mouchoir.
 L'éléphant dans sa bouche, bouche, bouche
 A deux défenses en ivoire.
 L'éléphant se couche, couche, couche
 A huit heures tous les soirs.
 Poésie de R. Lichett»

Texte 48

Mon futur petit chat

« Ce sera un joli petit chat à la fourrure
 grise et rayée. Il sera superbement agile
 car il montera aux arbres de plus de
 cinquante mètres de haut pour dénicher
 des oisillons à peine sortis de l'œuf.
 Il s'agrippera à l'écorce de l'arbre
 jusqu'à la première branche.
 Il mangera des moelleuses croquettes tendres.
 Il attrapera des souris à la course
 Et les croquera savoureusement.
 La nuit, il ira gambader dans les prés,
 Les champs et les prairies.»
 Gwendoline à 8 ans.

Le soir, Dame Gwendoline s'installe avec Gabriel et Raphaël pour d'interminables causeries avec leur marraine, devenue veuve depuis peu de temps.

Bien à l'abri dans cette demeure cossue, les deux frères s'affalent sur le confortable canapé en cuir, lancent une belle flambée dans l'imposante cheminée, honorent les apéritifs régionaux, prêtent l'oreille aux anecdotes familiales...

A tous les quatre, ils égrènent les vieux souvenirs, examinent les photos défraîchies, jettent un coup d'œil aux gravures anciennes, découvrent un cahier de poésie, de nostalgiques cadeaux pour la fête des mères, des cartes d'anniversaires enfantines, une liste au Père Noël, des dessins, des lettres pendant une colonie de vacances....*(Textes 47,48)*

Rêve 49

«Une voiture *qui diminue dans le brouillard devient une* voiture miniature. *Elle disparaît. Elle s'est* dissoute dans le brouillard.»

Rêve 50

« Je suis sur une route *avec* une troupe d'hommes, *des vagabonds, des «bras cassés», des braves types ! Moi, j'ai autour de* 50 ans *avec* 7 ou 8 enfants *autour de moi. On dort où on peut, on fait des travaux dans les fermes, on ne vit pas de la mendicité :* on propose nos services, *surtout du petit bricolage.* *Là, on est embêté car* le plus âgé est très malade : *il faut qu'il dorme dans une grange et qu'il soit soigné. On est arrivé dans un* village : *les villageois acceptent de nous* aider *en échange de travaux pendant trois mois.* Une vieille dame charmante *me donne* des vêtements *pour les enfants, m'offre* le café, *me donne* des chapeaux *pour un jeune garçon. Ce sont des chapeaux élégants, colorés mais défraîchis et surtout féminins...»*

Quand la cinquantenaire repère un cliché sépia montrant un monsieur paradant devant une Dauphine avec une femme distinguée à ses côtés, elle demande à sa marraine le nom de ces personnages qui lui semblent familiers ! Surprise ! Son père et sa mère se détachent de la photo !

Sa tante lui rappelle que ses parents, en rentrant d'une soirée festive, pris dans le brouillard sur une route escarpée, sont tombés dans le ravin quelques dizaines de mètres plus bas : leur voiture ayant pris feu, les pompiers ont constaté la double mort accidentelle *(Rêve 49)*. Elle-même, en tant que tutrice légale, élèvera leur fille de trois ans au milieu d'une flopée de cousins *(Rêve 50)*.

A ce moment-là, Gwendoline se remémore deux rêves précédents avec des routes dangereuses (Rêves 34 et 37).

Rêve 51

«Je suis embarquée avec des enfants et des adultes dans un grand voyage éducatif et culturel ; j'ai été volontaire. Je me retrouve dans une sorte de grand train à plusieurs étages, en vase clos. Il n'y a pas de possibilité de communiquer avec l'extérieur. Je suis désorientée. Au bout d'un moment, les contraintes deviennent si pesantes que j'ai envie de m'échapper. Mais pour cela, il faut que ce soit une fuite en groupe : c'est ce que je fais. On descend tout à pied. On s'en sort mais il reste dans le train des prisonniers et on craint pour eux des représailles.»

La nouvelle tombe comme un couperet : tout en étant informée de la mort de ses parents, la quinquagénaire ne se souvient pas de leur visage ni des circonstances de leur disparition.

Le sujet est tabou : élevée sous une chape de plomb, elle grandit sans obtenir d'éclaircissements, sans voir de photos, sans s'expliquer un mutisme de 50 ans. Pensionnaire, la jeune fille ne réside chez sa marraine que les fins de semaine *(Rêve 51).*

En rentrant chez sa tante, elle retrouve une vie bourgeoise avec un oncle qui l'adore. Matériellement, elle ne manque de rien.

La maison de la Croix-Rousse retentit le week-end des jeux fraternels entre cousins.

Texte 52

Conte d'une nuit d'été à St Julia de Gras Capou (31)

Anne-Marie LOPEZ del RIO.

Conseils pour déguster une nuit d'été

«*Prendre* un morceau de nuit
Dans son premier quart le plus tendre
*Assaisonner d'*une pincée d'étoiles.
*Recouvrir d'*un rêve d'enfant
Et laisser mijoter *au feu doux*
Des images *tout le temps qu'il faudra.*
Une contée d'été *est le seul met*
*Qui se déguste avec l*es oreilles
Accompagné de vin de parole
Que l'on peut consommer
Sans modération, *jusqu'à l'ivresse.*»

La mère de famille, suite à ces révélations, fouille dans la maison de sa marraine à son insu quand celle-ci se rend à son club de bridge.

Avec Raphaël et Gabriel, elle repère au grenier une malle rouillée où s'entassent pêle-mêle des jouets cassés, des déguisements, des livres, des bandes dessinées, des albums photos, une collection de timbres, des lettres entourées d'un ruban décoloré, des poèmes *(Texte 52)*.

Sur un tapis poussiéreux, ils étalent leurs trouvailles à même le sol. Les jumeaux se réapproprient les jouets d'antan tandis que Dame Gwendoline effeuille par hasard une correspondance entre ses parents et sa marraine. La lecture distraite puis attentive la laisse pétrifiée : sans s'arrêter, elle parcourt la totalité du courrier !

Rêve 53

« *Je suis dans* une rue étroite la nuit. *C'est une rue qui monte. Il y a dans cette rue* deux tentatives de meurtre *ou* d'attentat. *Je suis entre femmes : entre ma mère et ma fille. On remonte cette rue pour observer ce qui se passe : oh ! Surprise ! On voit sortir d'une camionnette estafette* tout un groupe *avec* une mariée enceinte, *en robe à petites bretelles, de couleur crème, avec de la dentelle sur les bretelles, et en bas de la robe, un jupon . En même temps, on voit arriver* un danger *: on voit le bras d'un homme qui dépose en remontant la rue une espèce de poudre blanche qui mousse le long du mur ; on sait que* tout va exploser. *J'emmène la mariée et ma fille (ma mère a disparu) jusqu'en haut de la rue. On part* en roller toutes les trois *et les autres restent en bas, béats et niais : ils deviennent* irréels. *Arrivés en haut de la rue, on trouve* une autre rue *qui descend:l : la rue a l'air nouvelle, on dirait qu'elle vient de* se créer *sous nos pas. Toutes les trois, on descend cette 2 ème rue à toute vitesse car on se sent* poursuivie. *On se réfugie derrière une porte ancienne, une sorte de porche. La mariée rentre puis moi puis ma fille qui traîne. Un jeune mec nous poursuit ,le* danger est encore là *et en plus, l*a mariée *risque d'*accoucher . Que faire *? »*

76

Son père atteint d'une maladie incurable et invalidante ne supportait plus de se voir diminué. Encore en pleine possession de ses moyens, il voulait abréger sa vie en compagnie de son épouse qui l'idolâtrait ! Sa sœur devenait la tutrice légale de leur fille. Le nom du notaire était mentionné noir sur blanc. Tout avait été préparé minutieusement.

A la lumière de ces lettres, «l'accident» apparaît comme volontaire !

Le voilà donc le secret de famille si bien gardé ! Avec le recul, les silences gênés, les hésitations, les cachotteries dans les discussions entre adultes s'expliquent !

Cette nuit-là, un rêve inquiétant trouble la femme malade (**Rêve 53**).

Rêve 54

«Je suis seule avec mes deux enfants dans un groupe fermé.

J'ai un statut privilégié : je peux partir quand je veux !»

Rêve 55

«Je suis dans un groupe avec des règles très rigides, des règles oppressantes.

Je cherche à m'échapper avec ma fille sur un deux-roues.

Je m'échappe mais je suis rattrapée par un homme protecteur et dominateur.

Alors, par prudence, je rentre dans le rang mais je pense déjà à une deuxième tentative d'évasion.

Et je vais y arriver !!!»

Dans sa famille catholique intégriste, le suicide, indigne d'un chrétien respectable, met la personne qui s'en rend coupable en situation de péché !

Autant Gwendoline comprend ce silence protecteur dans sa petite enfance, autant elle n'admet pas les mensonges de son adolescence, âge où elle aurait pu être aidée pour supporter cette double décision parentale inimaginable !

Elle réalise avec le recul son désir inconscient de fuite à l'aube de ses 20 ans. Elle ne savait pas pourquoi mais elle devait quitter ce milieu oppressant *(Rêves 54, 55)*.

Elle se rappelle aussi ses rêves récents d'abandon concernant une petite fille de trois ans : cela prend tout son sens !

Rêve 56

«Un enfant assez monstrueux a deux bébés dans sa poche.

Les deux bébés sont tout aplatis dans sa poche et il en a perdu un...»

Rêve 57

«Chez le dentiste, dans la salle d'attente, deux bébés moches sont par terre et ils avalent des cochonneries. Je mets les deux bébés dans une boîte et je les donne...»

Rêve 58

«Mes enfants m'ont été enlevés : les enfant sont devenus des «enfants-objets»!!!

La quinquagénaire organise une dernière soirée à la Croix-Rousse : elle se met aux fourneaux avec l'aide précieuse de ses jumeaux, aussi fins cuisiniers que gourmets. La fête se prolonge dans le salon.

Tentant de discuter avec sa marraine, elle lui fait part de ses découvertes fortuites : Raphaël et Gabriel volent à son secours en posant des questions simples.

Rien n'y fait : sa tante, campant sur ses positions, ne démord pas de la thèse de l'accident ! Un oppressant silence s'impose de nouveau à la mère de famille. Ce soir-là, trois songes sur des bébés perdus submergent sa nuit *(Rêves 56, 57, 58)*.

Sans se retourner, elle écourte son séjour lyonnais. Sur le quai de la gare provençale, dans les bras de Sylvain, Dame Gwendoline retrouve sa joie de vivre...

Épilogue

Gwendoline   aborde   le chemin de la guérison avec confiance.

Au cours de cette épreuve aux multiples rebondissements, le temps infini, la peur au ventre, les cauchemars, les doutes ont été omniprésents : mais elle est toujours debout !

Transformée, libérée de son passé qui l'entravait, elle se sent renaître.

Aussi inquiétante qu'elle ait pu apparaître, sa maladie cachait un sens : elle a cherché dans les mémoires erronées ce qui l'empêchait de se purifier.

Bon vent, Gwendoline !

avec Sylvain, Gaspard, Caroline, Raphaël, Gabriel et les autres…

Table des matières